KB140434

세월의 소리

세월의 소리

© 2023 김석주

초판인쇄 | 2023년 5월 5일
초판발행 | 2023년 5월 10일

지 은 이 | 김석주
펴 낸 이 | 배재경
펴 낸 곳 | 도서출판 작가마을
등 록 | 제 2002-000012호
주 소 | 부산광역시 중구 대청로 141번길 15-1 대륙빌딩 301호
T. 051)248-4145, 2598 F. 051)248-0723
E. seepoet@hanmail.net

ISBN 979-11-5606-219-6 03810 정가 10,000원

※ 이 책의 무단전재 및 복제행위는 저작권법에 의거, 처벌의 대상이 됩니다.

세월의 소리

김석주 시조집

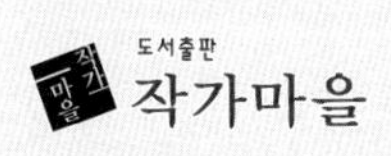

시인의 말

내 화려한 꿈이었고

속삭이는 세월의 소리였습니다

의롭게 사는 이들

그래서 외롭고 고통받는 이들을

위로하고 자위하며

용기 잃지 말라는

우리 인생의 스승이신

저 세월의

다정한 노랫소리입니다.

2023. 봄

김석주

차례 · · · 김석주 시조집

2부 • 돌아보고 살펴보며

차례 · · · 김석주 시조집

3부 · 짧으나 깊은 명상

4부 • 새 세상을 바라보며

5부 · 가슴으로 바라본 세상

제1부

인생에 대하여

자화상

어디로 가느냐고
다그치며
묻고 있다

어떻게 살 것이며
뭣하고
살 것인지

내게 또 다잡고 있다
최선을
다하라고

내 인생의 봄

벌 나비 꽃동네인
남촌 가서 살자 꾀여
허허한 타향살이
다시 봇짐 쌀까 하니
떠돌이
그 긴 세월이
옷소매를 부여잡네

남촌이 어디인가
오순도순 살아온 날
가고 온 인정 속에
허물없던 그 추억들
이제야
뒤돌아보니
그 세월이 봄날일세

봄이 오고

퍼엉 펑 눈이 왔던 자리에
단비가 오고
들판의 풀꽃들이
옹기종기 피어나고
봄 처녀 노랫소리에
동장군이
쫓겨나고

칼바람 불던 곳에
신바람이 불어오고
풀들의 웃음꽃이
온 들판에 가득하고
돌아온 흥부 제비들
복된 길을
일러주고

봄이 오고 2

봄이 오고 산과 들에 풀꽃피고 진달래
개나리 피고 지는 민들레와 복숭아 꽃
산수유 동강할미꽃
엉켜 피는 봄맞이꽃

찔레꽃 엄니의 꽃 패랭이꽃 은방울꽃
제비꽃 곱디고운 설앵초와 족두리 꽃
벗님네 울타리 너머
목련꽃이 춤을 추고

수선화 핀 언덕엔 아네모네 달맞이꽃
흐드러진 이팝꽃에 집집마다 웃음꽃
기다린 가슴 저마다
환희의 꽃 피어나고

농사

황무지 일구어서 옥수수와 감자 심고
풋고추 산 더덕을 장마당에 내다 팔아
이 땅의 똥 강생이들*
먹이고 입혔느니

하늘을 이고 지고 씨 뿌리고 가꾼 날들
땀 흘린 보답으로 오곡들이 익어가며
우리 삶 희로애락을
증명하며 가는 세월

밭농사 논농사에 사지육신 괴로워도
아이들 커가면서 사는 보람 물고오니
우리네 자식 농사가
천지간에 으뜸이라

* 귀한 자식을 일컫는 경상도 일부 지방의 방언

새벽 별

진리를 탐독하여
무서운 게 없음인가
의연한 네 모습이
환희로 가득하니
밤새워
어둠에 맞선
네가 바로 군자일세

여명의 숨소리다
당당하고 정의로운
일 거수 일 투족이
우리 삶의 꿈이 되는
새벽별
바라다보며
내 갈 길을 다독이네

군자산君子山

군자산 당당한 이 그 속내를 살펴보니
듬직한 차돌 바위 흐드러진 풀꽃들과
고사목 사철나무들이
벗님 같이 어울리고

치솟은 기암절벽 노송들과 한 몸 되어
매서운 설한풍을 가뿐하게 이겨내며
인간사 참삶의 길을
묵언으로 전함이라

성현의 가르침인 태평성대 길이라며
군군신신君君臣臣 부부자자父父子子*
별들이 읊조리듯
솔바람 메아리 되어 희망봉을 일러주네

* 임금이 임금답고 신하는 신하답고, 아버지는 아버지답고 자식이 자식다우면 태평성대가 이루어진다는 공자의 가르침.

정복의 한계성

높은 산 저 정상에 올라 서본 이는 안다
도전의 솟구치는 욕망과 유혹의 그
덧없고
참 부질없던
정복의 한계성을

버려야 했었느니 한목숨을 걸고서도
뚜벅뚜벅 무작정 따랐어야 했었느니
사랑의
길이 아니곤
거둘 것이 없음이라

가시밭 험한 길을 걸어 본이는 안다
단숨에 오갈 수 있는 우리 저 고향하늘
귀향의
환희 넘치는
정복의 한계성을

인생 2

한 고개 또 한고비
넘다 보니 칠십 고개
벼랑 길 가시밭길
넘고 넘던 인생 고개
그 세월 되짚어보니
바보 같아 견뎠느니

세월이 약이었네
온갖 수모 악전고투
견디고 참아내며
죽은 듯이 살아온 날
그 흔적 되돌아보며
하늘 보고 절함이여

봄 여름 가을 겨울

진달래 개나리꽃 들꽃들이 싱글벙글
남풍에 아지랑이 신바람이 불어오고
풀꽃들 환호 소리에
새 세상이 밝아오고

창공의 곱디고운 밤하늘의 별을 헤며
여름밤 올망졸망 멍석 위에 드러누워
할머니 옛 얘기 듣던
복된 날의 추억이여

철새들 오고 가고 쉴 새 없던 허수아비
농부들 땀 냄새에 풍요로운 금빛 들녘
씨 뿌려 가꾼 날들이
별꽃 되어 눈부시고

꽃이 진 자리마다 설화 피어 만발하고
동장군의 횡포가 칼날처럼 매서워도
사흘이 멀다 하고서
잔치판이 벌어지고

낙동강

이 땅의 젖줄이다 백두대간 배꼽 자리
함백산 발원한 물
위천 감천 반변천과
금호강 남강 밀양강물 아울러서 흐르나니

무언의 스승이요 산업화의 근간이라
넉넉한 인심 펴며 완만하게 흘러온 길
엄니들 그 삶과 같은
한결같은 사랑이라

가노니 주야장천 돌고 돌며 길을 트고
나루터 고을마다 주고받은 인정들과
더불어 흘러온 세월
그 흔적이 눈물겹다

세월의 소리

내게 다 맡기어라
지난날의
아픈 사연

세상일
억울했던
인간사의 가슴앓이

내가 다
어루만지어
별이 되게 할 터이니

그리움 2

가난과 함께했던 그때 우리 타향 친구
돌아보니 눈물겨운 순수한 정이 있어
수수 년 세월이 가도
잊을 수가 없음이라

살인적 무더위와 지독했던 겨울한파
해맑은 정 하나로 왁자지껄 이겨냈던
그 추억 뒤돌아보며
하늘 보고 절함이여

떠나와 못 만난 지 반백 년이 다 됐어도
틈틈이 떠오르는 그 친구들 웃는 모습
그 추억 잊을까 하여
하늘에다 새겨보네

고독에 대하여 2

그랬다
고독 또한 사랑이고 길벗이라
변함없이 가고오는
저 세월이 그랬다
뿌리지 아니하고는 거둘 것이 없다고

그랬다
스스로를 자책하던 꽃구름이
그랬다, 믿음 위에 성공의 길이 있고
부자富者와 잘사는 것은
별개의 문제라고

철새들이 그랬다
고독 또한 길동무라
더불어 살아야만 인생의 참 의미를
깨닫게 되는 것이라고
저 별들이 그랬다

온고지신溫故知新 – 簡生忘死(삶을 가볍게 여겨라)

바람이 트는 길을
뒤따르며 익히어라
기원전 군자君子께서
일러주신 그 말씀이
오늘에
이르러서도
가슴 열면 들리느니

한치 앞의 세상일
아는 이 누구인가
꽃구름이 피고 지듯
오가는 나그네들
가볍게
더 가벼워져야
별 하나가 된다 하네

가슴으로 보니

바람이다
아침 해와
피고지는 꽃구름과

별이다
산과 바다
오고가는 철새들과

우리네 스치는 인연
이 모두가
사랑이다

추억의 가락

그립다 황금 볏단 타작하던 기계 소리
휘몰이 간드러진 그 곡조 그 가락에
어머니 동동걸음이
진종일 춤추던 날

가을볕 톡톡 튀며 바쁜 일손 품 보태고
농자가 천하 대본 그 깃발 휘날렸던
그때 그 이풍진 가락
눈을 감고 흥얼대니

희뿌연 세월 딛고 피어나는 리듬 가락
그 곡조 눈물겹다 그리운 이 그 노래들
그 때를 되짚어보며
콧노래 불러보네

바닷가에 앉아

뭣 하러
또 왔냐고
꾸짖듯 철썩이며

사는 게 다 그런 거라
노래하듯
읊조리는

바다 저
파도 소리 들으며
세상 시름
달래보네

봄 어느 날의 고향 풍경

찔레꽃 피어있고 아가야가 울고있다
그 시절 돌아보니 어머니는 들일가고
그 아이 울다가 지쳐
툇마루에 잠이 들고

청 보리 하늘대며 바람결에 춤을 추고
종다리 하늘 높이 우지지던 봄 한나절
눈감고
바라다보다
그 세월을 잡았느니

추억이다 꿈과 같은 지난날의 풍경들이
그립다 하고 보니 반갑다고 손 내밀어
오늘도
눈 꼭 감고서
그 시절을 거닌다네

해맞이 - 20230101

인생살이 악전고투 모든 게 내 탓이요
성급함이 원인이던 힘겨웠던 삶의 자국
그 흔적 뒤돌아보며
내 무능을 탓함이라

위대한 스승이다 겪을 때의 아픈 고통
참기 힘든 분노들과 가난이 엮은 이력
그들이 선봉장 되어
삶의 등불 되 줌이니

비싼 돈 들여 얻은 인생살이 스승이신
그때 그 힘겨웠던 지난날을 돌아보며
정초에 해맞이 하며
하늘보고 절함이라

제2부

돌아보고 살펴보며

욕심

고희가 지났어도
알콩달콩 살고 싶고
의롭고 당당하고
미소 늘 변함없는
그런 이
손 꼭 잡고서
다정스레 살고 싶다

백발이 성성해도
오순도순 살고 싶고
가는 정 오는 정에
웃음꽃 피워가며
하나 된
이 땅 위에서
옹기종기 살고 싶다

두물머리

금강산 발원하여 북한강에 흘러든 물
백두대간 금대봉의 남한강과 한 몸 되어
한강 물 흐르고 흘러
이 땅의 젖줄 되듯

갈라선 두 마음이 강물처럼 하나 되어
잘린 허리 허물고서 다시 우리 하나 되는
그런 날 어서 오라며
합장하고 절함이라

양수리의 두물머리 대자연의 섭리라며
철새들이 끼룩이며 자유로이 오가면서
분단의 부끄러움을
꼬집듯이 노래하네

조선고추 2

매운맛 그게 다가
아니라네 조선고추
씹을수록 구수한 맛
매포 하고 짠한 맛
네 삶이
곧고 알차야
내 진가를 발함이라

비바람 이겨내고
모진 풍파 참아내며
이 몸이 붉게 익어
핏빛으로 바서 지어
네 인생
의로운 길을
걷게 함이 내 임무니

팽목항을 바라보니

– 세월호, 304명의 목숨을 잃게 했던 대참사(2014. 4. 16)를 생각하며

님들의 숨소리다
헐떡이는
파도 소리

흐느끼듯 절규하는
애달픈
한의 소리

못난 이
무능에 대고
노도怒濤 되어
밀려왔네

4·19를 상기하며 - 1960. 4. 19

벌떼처럼 일어났지 모두가 하나되어
단죄한다, 부정선거 독재정권 물러가라
목청껏 민주주의를
돌려 달라 대들었지

젊은이들 앞장서서 맞서고 뭉쳤음에
무력진압 총을 쏴도 물러서지 않고 오직
힘 모아 독재타도를
고래고래 외치었지

목숨을 걸었다네 이 땅의 의로운 피
평등한 삶의 길을 포기할 수 없었기에
이영차 함께 일어나
새 역사를 썼음이여

울 밑의 봉선화

이제도 변함없다
나라 사랑 그 정열은
그때 우리 사무쳤던
조국 잃은 서러움들
폭압暴壓에
밟히고 울던
님들이 당한 고통

빽기고 찢긴 상처
치齒떨었던 한恨의 역사
잊어라 부추겨도
죄지을 수 없음이라
이제껏
못 잊어 울다
피 꽃 피워 전함이니

우리들의 영웅

영웅이라 칭할 라네 평화통일 이루는 이
이 나라 이 민족의 해묵은 숙원이라
그런 이
내 주시라고
하늘 보고 절함이여

힘자랑 부끄럽다 저 역사가 소리쳐도
숨기고 감추면서 믿지 않은 위정자들
슬프다
둘러볼수록
덧쌓이는 근심이라

그래도 믿을 라네 언젠가는 평화통일
이루는 이 그 이름을 목청껏 불러볼 날
그날의
벅찬 순간이
빨리 오라 합장하네

등불

역사의 고비마다
나라 위해 바친 목숨
그 이름 별이 되어
무궁토록 반짝이며
이 땅의 수호자 되어
불철주야 지킴이라

그 희생 눈부시다
의인義人들의 흔적이여
애국의 일념으로
우리 땅을 지켜내신
그 이름 등불이 되어
영원토록 빛나리니

이름

옛날엔 그랬다네 낳다 보니 열두 번째
개똥이와 차돌이에 광질이와 또출이
불필不必이 그 눈물겨운
우리들의 이름이라

방울이 쇠돌이와 정겨웠던 바보온달
필남이 죽자 해도 끈질기게 살아남아
하늘의 뜻 따르면서
숨죽이며 살던 시절

기아에 자식 잃고 전쟁 통에 내몰려도
민초들이 당당하게 이 땅을 지키면서
반만년 우리 역사를
이어온 이름이니

삼일절 아침에

신문을 읽다 말고 지난날을 더듬으니
대한독립 만세 소리 귀에 쟁쟁 들려오고
수난의 아픈 흔적들이
속가슴에 못 박히네

그때나 지금이나 약육강식 변함없는
살벌한 세상인심 믿지 못할 주위환경
이토록 냉정한 것이
오늘의 국제정세

안중근, 김구 선생 유관순과 애국선열
수많은 독립투사 그 고행을 짚어보니
오늘의 정치풍토가
부끄러울 따름이다

꾼들에게

눈을 더 크게 뜨고 가슴 활짝 열고 보라
이제도 이등 박문 청나라가 노리는데
파당이 도에 넘치면
그 치욕 또 당하느니

당리당략 탐관오리 한치 앞을 못 보는가
소탐대실 그 경험이 이제도 유효한데
소 잃고 외양간 고친
그 아픔을 잊었는가

갈기갈기 찢겨지는 나라 꼴을 바라보는
통곡하는 애국지사 저 심정을 헤아리며
못난 짓 제발 멈추고서
상생의 길 펼치어라

전언傳言 3

이웃을 사랑하고 두루 함께 번창하며
더불어 옹기종기 정 나누며 살아가라
위대한 그 가르침은
이제도 유효하니

믿음을 잃은 나라 감추고 왜곡하고
악행을 숨기고자 끈질기게 미화하며
자국의 추한 이익만
추구하는 왜국이여

돌아보고 속죄하라 그 길 만이 살길인데
복된 길 마다하고 속임수로 요리조리
지은 죄 덮으려 하니
하늘이 노할 찌라

평화를 사랑하고 더불어 행복하라
안중근의 가르침을 다시 한번 전하노니
하늘의 뜻 따르면서
사람답게 살아가라

명량해전 – 1597 09 16

하늘이 도운 거여 충무공의 명량해전
열두 척 병선으로 백여 척의 왜적들과
맞싸워 부수었느니
울돌목의 기적이라

하늘이 도왔느니 영웅들이 모였느니
살려면 죽을 거고
목숨 걸면 이긴다는
충무공 외치는 소리에 천지가 동했느니

거북선 불을 뿜고 의병들의 구국충정
하늘의 뜻 따르니 왜적들이 지리멸렬
충무공 호령 소리에
사족四足을 못 폈다네

명량해전 기념일에 - 1597 09 16

씹을수록 구수한 맛
울돌목의 흔적이라
정유년 명량해전
그 흔적을 돌아보며
충무공
우리 장군님께
다시 또 절함이여

가슴이 펄떡이고
새 희망이 솟구친다
국운을 되살려낸
의義로운 님의 행적
그때 그
구국 의병義兵들을
떠올리며 합장하네

2022 9 16

어떤 흔적

23전
이십삼 승
해전사에 다시없는

충무공 이순신의
놀라운
전공이니

백성을
하늘로 아신
장군님의 성적표다

포구 예찬

임진왜란 침략군과
맞싸우다 병이 나신
충무공
그 위인偉人을
부하들이 문병 오며
견내량
바닷가에서
돌미역을 따왔다는

놀랍고 눈물겨운
난중일기 사연 중에
어부들
힘을 합쳐
이 나라를 구했다는
위대한
포구의 역사
돌아보며 절함이라

후쿠시마 해일 참사를 보며 - 2011 03 11

바닷물이 삶의 터를

순식간에 앗아가고

사자使者처럼

목숨들을

쓸어가도 모르나니

슬프다

하늘의 뜻을

모르고 사는 이들

지은 죄가 원인이다

이웃에게 끼친 해악

감추고

미화하고

어거지로 덮어왔던

몹쓸 짓

속죄 않고는

면치 못할 형벌이니

대마도를 바라보며

해맑고 트인 날엔 맨눈에도 보이는 섬
전라남도 조도면의 우리 저 대마도는
일본 땅 어디에서도
볼 수 없는 섬이라네

해운대 사장沙場에서 지평선을 바라보면
그 위에 섬 하나가 어렴풋이 보이느니
모국을 그리워하는
안타까운 눈빛이라

이웃이 좋아야만 신바람이 나는 건데
왜국과 가까운 게 불행의 씨앗 되니
남의 닭 잡아먹고는
오리발 내미는 족族

개 짖는 소리 2

개 짖는 소리 자꾸
들려온다
다깨시마竹島

자국의
천민賤民들을
선동煽動하는
위정자들

오늘도
독도獨島를 두고
죽도竹島라고
짖어대네

다시 8.15를 맞으면서

분하고 원통하다 나라 잃은 서러움들
이제껏 울부짖는 선열들의 원한 혼백
듣는가, 형제들이여
한 맺힌 저 소리를

눈을 감고 돌아보라 그때 그 모진 고난
잊을 수 없는 자국 뒤져보고 살펴보면
님들의 통곡소리가
이제도 들리느니

그때도 그랬다네 부끄러운 사색당파
한치 앞도 보지 못한 못난이 위정자들
제 밥통 챙기려다가
모든 걸 뺏겼느니

무지無知가 원인이다 안타깝고 애통한 거
밟히고 짓눌렸던 선조들이 당한 고통
그때를 되짚어보며
두 주먹 쥐어보네

제3부

짧으나 깊은 명상

폭포

화려한
삶의 길이
밑바닥에
있음이라

그곳이
정에 겨워
벗님 찾아
낙하하는

님들의
저 내리사랑
황홀하고
눈부신 것

욕심 3

버려도 돋아나고
씻어내도
엉겨 붙어

한동안
달래가며
세상공부 하다 보니

때로는
저 별보다도
소중할 때 있음이라

추억이란

발자취
숨김없는
사랑이요
아픔이고

미소 다시
찾게 하는
명약 같은
감로수라

창공의
저 낮별처럼
눈 감아야
보이는 것

자정自淨

귀천歸天의 그날까지
사내답게
백의종군白衣從軍

후회 없는 삶을 위해
황혼 길을
다독이며

뜨는 해 보듬고 앉아
남은 탐욕
불사른다

담쟁이

벼랑길 오르기가
힘이 들고
고달파도

복된 땅
찾는 발길
멈출 수가 없음이라

하늘 저
무릉도원武陵桃源을
갈구할 따름이다

고난

꺾이고
부서지며
아파했던
그 흔적이

인생길
굽이굽이
길잡이
되어 주며

힘겨운
인생살이에
등불이
돼 줌이니

낙화洛花

길이다
슬퍼 마라
돌아갈 길 없음이니

세월의
위대함을
무언으로 전함인 듯

새로운
생명의 길을
피고 지며
일러주네

깨우침

좋은 친구 없다 하며
헛살았다
되뇌었던

어리석고
부끄러운
지난날을 돌아보며

좋은 벗
돼보지 못한
스스로를 채찍 한다

숨바꼭질

짜르릉
천둥소리
누가 있어
풀어내고

고난 속의
숨은 보화
무슨 수로
찾아내어

귀향의
꽃길을 밝혀
금의 환향錦衣還鄕
하여 볼꼬

부서짐에 대하여

바서져야
빵이 되는
알곡의 아픔처럼

시련의 순간들이
힘든 삶에
보약 됨에

그때 그
모진 채찍이
사랑이라 깨닫느니

노을

꽃이다 환희의 꽃
하늘에 핀
황혼의 꽃

살아온 흔적 따라
희비喜悲의 길
찾아드는

꽃이다 새 생명의 꽃
네 사랑의
결실이니

다윗반지의 노래

이 또한 지나가니
으스대지
말라시고

분하고
원통하고
안타깝고 서러운 거

이 또한
지나가느니
절망하지 말라 시네

발자국

산천이
변하여도
지워지지 않음이요

양심이 펄떡이어
고쳐 쓸 수
없음이라

참사랑
그 흔적만이
보배로울 따름이다

추억 한 토막

시냇물
졸졸대는
징검다리 건너가면

돌배 산 아랫마을
그곳에
진 희 살아

밤마다
개울 오가며
하모니카 불던 여름

창공

바라보라 눈을 감고
우리 저
푸른 하늘

가슴의
눈을 뜨고
살펴보고
더듬으면

그리던
무릉도원이
잡힐 듯 보일지니

스승 5

바람이다
위대한
님 사랑을
전함이라

계절은
변함없이
새 희망을
심어주고

세월은
사필귀정事必歸正을
엄중하게
가르치니

내 마음의 창窓

내 안엔 들창문이
또 하나가
있나 봐요

간밤에
그 창으로
우리 엄마 기별 있어

긴 시간
창문 열고서
하늘 보고
절 했지요

웃음

허허허 웃습니다
지난날을
돌아보며

멍하니
끙끙대며
바보처럼 살아온 날

그 아픈
추억 더듬으며
하늘 보고
절을 하며

들국화

이 시대의
성인들이
여기 다 모이셨나

오가는
산책길에
진종일 미소 주며

인고의
추억 들추며
미소로 답을 주네

세월 – 새해를 맞으면서

밤새 또

오고 가고

뜨는 이와

지는 이들

세월의 휘몰이에

내둘리는

나그네들

한 해가 또 오고 가고

뜨고 지고

울고 웃고

한겨울 어느 날의 새벽

촛불이
춤을 춘다
의義로운 이
혼불처럼

자다 벌떡 일어나
머리맡의 불을 키자

필봉이
날갯짓하며
복된 길을
열어주고

세월의 소리

김석주

제4부

새 세상을 바라보며

세상일

세상일 알 수 없다 알쏭달쏭 회색 시대
흑과 백 약육강식 안면몰수 악전고투
우짖는 저 까마귀 떼
암수 분간 어려운 거

내갈길 눈 딱 감고 멀리 보고 노 저으며
세월 밭에 씨 뿌렸던 해묵은 꿈이 익어
가노니 이 귀향길에
콧노래를 부름이라

갑과 을 변함없는 부질없던 허풍 세월
잠깐 와 머물다 갈 인생살이 신비로운
이제야 소탐대실의
그 큰 뜻을 깨닫는다

기적

여명의
새날이다
다시 내가
눈을 뜨고

이영차
새로 다시
하늘을
이고서니

이 또한
기적이다 싶어
힘이 불끈
솟아나고

새봄이 오고

징 소리 울리어라 쇠북 소리 더 높이고
횃불을 밝혀 들고 몸단장을 새로 하고
콧노래 흥얼거리며
봄맞이 하러 가자

노래하고 춤추어라 손 맞잡고 덩실덩실
풀들의 환호소리 방방곡곡 넘쳐나고
고운 님 저 봄 처녀가
동장군을 내치나니

꽹과리 울리어라 장구 소리 더 높이고
제비들 돌아와서 문안 인사 다정하니
시름 다 내려놓고서
잔치 한판 벌려보세

화전놀이

잡힐 듯 아롱이는 그때 우리 추억 따라
봄맞이 향기 짙은 들꽃 찾아 모여들어
산비알 외진 동네가
윤슬처럼 빛나던 날

엄니들 치징치나* 돌아가며 읊던 가사
그 노래에 흥이 돋아 함께했던 봄 한나절
이제 와 뒤돌아보니
호시절이 따로 없네

아서라 세상 시름 봄바람에 내 맞기고
개나리 참꽃들과 함께했던 화전놀이
그 추억 더듬어보며
환희의 꽃 피워보네

* 화전 또는 단오절에 경상도 일부 지방의 여인들이 하던 놀이의 하나

봄 처녀

장군이다 봄 처녀
동장군을
몰아내고

인생의
복된 길을
일러주는 길잡이라

사는 일
인과응보를
조곤조곤 가르치네

꽃소식

헛되지 않았다네 우리들이 바친 기도
동토를 녹여주는 위대하신 그 손길이
기다린 가슴 저마다
꽃소식을 전함이라

들판이 경이롭다 풀꽃들의 함성이여
매화꽃 복숭아 꽃 강가의 버들가지
냉이국 아내 손맛에
익어가는 봄 한 철

먼 산에 진달래꽃 민들레와 노루귀꽃
이 땅에 옹기종기 손 맞잡고 피어나는
꽃이다 꽃소식이다
집집마다 웃음꽃

봄비

풀들아
깨어나라
어서 빨리
일어나라

건반을
두드리듯
이 강산을
토닥이는

님의 저
위대한 사랑
변치 않은
은혜이니

새봄이 오시던 날

자박자박
님인 듯 기다렸던
단비가 오고
동장군이 후다닥
북망北邙으로 쫓겨나고
남풍에 동토가 녹고
새 세상이 밝아오고

들꽃들의 노랫소리
천지에 가득하고
어디선가 살랑살랑
신바람이 불어오고
사랑의
저 흔적 위에
환희의 꽃 피어나고

하안거夏安居

세끼 밥 두 끼 먹기 내게 한 약속이다
몸무게 줄이기와 노인질환 퇴치하기
절주節酒와 만보걷기에
탄수화물 줄이기

어디로 갈 것이고 어떻게 살 것인지
복伏더위에 홀로 앉아 곰곰이 생각하며
내 갈 길 눈 꼭 감고서
더듬으며 펼쳐보니

꿈인 듯 새 세상이 밤별처럼 피어나고
그리운 얼굴들이 손 흔들며 반겨주어
한 끼 밥 건너뛰고도
배고픈 줄 모른다네

봄버들

해동解凍골
신바람에
너울너울
춤추는 이

삼단머리
휘날리며
분단장을
하고 서서

밤새워
님 기다리며
깨어있는
선구자니

넋두리

노래 한 곡 할랍니더
굳세어라 금순아를
가난하고 못 배우고
힘들게 살던 시절
그때를
뒤돌아보며
혼자 한곡 뽑십니더

두 눈을 감십니더
저 하늘 바라보며
그때 그 얼굴들이
그립고 보고파서
홍도야
우지마라를
꺼이꺼이 해봅니더

초겨울 어느 한밤

그리움의 심지 돋궈
겨울밤을 밝혀놓고
곰삭은 추억들을
하나둘 되새기니
다시는
만날 수 없는
얼굴들이 아롱이어

그 이름 하나 둘씩
손꼽으며 눈감으니
생시인 듯 웃고 울던
그때 우리 그 시절이
봄날의
아지랑이처럼
잡힐 듯이 피어나고

길

육신은 흙이 되고 혼魂이 휘익 가는 하늘
이것이 죽음이요 새로 사는 길인지라
복된 이
생명의 길을
포기할 수 없음이여

인생길 알 수 없는 한치 앞의 삶의 여정
귀향길 금의환향 그 환희를 생각하며
가노니
이 힘든 길을
한발 한발 내딛느니

부귀영화 잠깐 세월 소탐대실 그것이라
더불어 옹기종기 정 나누며 살다 보면
귀향의 꽃차 타리니
영생의
길이로다

하늘의 소리 5

내가 다
보고 있다
흑과 백과
참과 거짓

의롭고
추한 것과
정의와
불의不義의 것

내가 다
보고 있으니
가슴 치지
말찌어다

아버지 3

봄 한철 지나가도
꽃소식을 이어주며
말씀으로 온 세상을
그윽하게 다듬더니
오늘은 또 창공에다
꽃구름을 피우시네

우연을 만드시고
돌아 갈길 여시는 분
그래도 걱정근심
다 못 버린 우리 위해
오늘은 또 하늘에다
뜬 구름을 띄우시네

귀향의 꿈

바람인가 별을 헤다
어느 날 새가 되어
오가며 노래하며
귀향길을 다독이며
님 계신
저 고향하늘
그립다 꿈을 꾸네

물 위의 달인 듯이
꽃구름의 춤사윈 듯
영원한 삶의 터를
살펴보고 그려보며
그립다
하루 진종일
님 그리며 노닌다네

그곳

어디로 가신 걸까 얼마나 먼 곳일까
어머니 떠나시곤 다시는 못 오시어
틈틈이 눈을 감고서
그 모습을 그린다네

구수한 땀 냄새에 그 미소 변함없는
지나온 순간들이 잡힐 듯이 내비쳐도
꿈속이 아니고서는
만나 뵐 길 없는 얼굴

모두들 돌아가는 그곳 참 궁금하여
때때로 눈 꼭 감고 그 세상을 떠올리며
님들께 문안 인사를
합장하고 올린다네

흔적

살면서 남긴 자국
지난날의
흔적들이

영원한 새 세상의
상과 벌
잣대 되니

참사랑
그 순간들이
보배로울 따름이다

함박눈 오시던 날의 시

함박눈 쏟아지는 골목길 쏘다니다
시를 쓸까 눈을 감고 멍하니 앉았다가
하얘진 세상 풍경을
넋을 놓고 바라보네

비탈길 올라 가네 연탄 두 장 꿰매들고
찾아드네 한 사내 산동네의 단칸셋방
그 눈길 기어오르며
아픈 추억 더듬으니

하늘의 뜻이었네 함박눈이 쏟아지고
모두가 새하얘진 하나같은 세상 풍경
창밖의 도심을 보며
눈의 시詩에 감탄하네

초겨울 어느 날의 풍경

황금 옷 차려입고 콧노래 흥얼대며
초겨울 강물 위에 낙엽 하나 흘러간다
길잡이 저 뜬구름과
너울너울 춤을 추며

봄여름 좋던 시절 뜨거웠던 추억 안고
꽃피웠던 사랑 얘기 한가득 이고 지고
황혼의 불꽃이 되어
타오르는 삶의 흔적

꽃이다 눈부신 꽃 영원한 생명의 꽃
귀향길 너울대며 춤추듯이 흘러가는
우리 저 벗님네들의
금쪽같은 한 생애

제5부

가슴으로 바라본 세상

억새

날마다
바람 불고
때때로 흔들려도

삶의 그
참 뿌리는
지키면서 살았기에

이제 곧
칼바람 불면
그때 깃발 날릴지니

세한도

우듬지 설한풍에
눈꽃 업고 버티듯이

세한歲寒의 칼바람에
휘둘리는 세상살이

저 길손 속내를 보니
그 모습이 삼삼하다

내몰리고 갈 곳 없던
타향살이 혹한의 길

서럽고 억울했던
아픔 모두 품고 가는

뉘신가 저 나그네 길
눈물겨운 흔적이여

기다림의 실상

풍성한
가을 끝엔
겨울한파 기다리고

혹독한
동장군도
봄 처녀께 내쫓기 듯

인생도 이 같음이라
세월이
일러주네

새벽 바다

부부 연緣
긴 세월에
같은 화제和劑
내 주던 이

오늘 또 새벽 바다
님을 다시
찾았더니

하소연
다 듣고서도
또 참아라
답을 주네

첫눈이 오시던 날

첫눈이 오시던 날
바깥풍경 바라보니
그때 그 희로애락喜怒哀樂
잡힐 듯이 흩날리어
그 세월
새로 더듬으며
하늘 보고 절함이라

첫눈이 오시던 날
산동네로 밀려났던
그 추억 가슴 아파
저 하늘 우러르며
오늘 또
불러보느니
불효자는 웁니다를

해돋이

어제와 다름없는
새날의
해돋이가

동해 저
바다 위에
금가루를
뿌려주며

소유의
그 덧없음을
에둘러서 전함이라

빈집

유채꽃 피어 있네
비어있는
집 마당에

길손들 찾아들자
반갑다고
손 흔들며

얼마를 더 기다려야
옹기종기
살까 묻네

쉼표

정답게 손 맞잡고 쉬엄쉬엄 오라시며
귀향의 푯대인 듯 윙크하듯 깜박이는
새벽 별 고운 눈빛이
쉼표를 찍어주네

넘쳐도 아니 되고 모자라도 부끄러운
복된 이 삶의 길이 쉽고도 어려우나
더불어 살아온 날들이
영광의 길 됨이라

인생길 굽이굽이 천만 갈래 길 있으니
하늘에 보화 쌓아 금의환향, 하라시며
은하의 저 별꽃들이
쉼표인 듯 깜빡이네

해바라기

님이다
오직 한 분
그 모습만 바라보며

자나 깨나 언제나
금의 환향錦衣還鄕
꿈을 꾸며

앉으나 서나 언제나
님과 함께
살고지고

길잡이

세월이다
새벽 별
피고 지는
꽃구름과

변함없는
사계절의
위대한
변화이고

오가는
저 철새들의
속삭이는
시나위다

태풍

강풍에다 물 폭탄에
다그치는 풍경風磬소리

더불어 사람답게
오순도순 살라시며

하늘이 회초리 치듯
매섭게 들볶느니

항복을 하라는 가
두 손을 들라는 듯

밤새워 비바람이
속가슴을 두드리며

네 삶을 뒤돌아보라
콩닥콩닥 뛰게 하네

장승의 속내

길손들
반겨 맞고
악귀 모두 내치는 이

의義로운
인생길에
동반자를 자청하며

번뇌 다
내께 맞기고
오순도순 살라 하네

겨울나무

찬바람

모진 세월

이 악물고 버텨내며

새봄을

기다리는

그 지성 경이로운

우리 저

벗님네들의

눈물겨운 한 생애

비룡폭포

긴 세월 변함없다
님 향한 일편단심
망향에 타는 가슴
금의환향 꿈을 꾸며
홀로 늘
그리움 안고
너울대는 춤사위라

님이다 그리운 이
밤낮없는 각시 마음
날마다 소복素服 하고
그 속내를 펴 올리는
꿈이다
저 불꽃 같은
한결같은 소망이니

6시 내 고향 - KBS 제1방송

가을볕에 고추 너는
할머니의
쪽진머리

그때 우리
속내들이
테레비에 내비치니

옛 추억
그리움들이
별꽃 되어 피어나고

인생 3

하늘이
높다 해도
내 맘속에
있음같이

인간사 모든 일은
생각하기
나름이라

성공과
실패의 삶도
가서 봐야 알 일이다

해운대 2

때로는
선남선녀
만국인의
천국이고

수줍고
화려한 듯
모두가
별이 되는

사계절
모든 날들이
뜨겁고
황홀한 곳

산 2

가까이에 두고 보면
사랑 더욱
깊어지고

가슴에
품고 보면
임인 듯
포근한 이

보고 또
새겨볼수록
그 속정에 반함이라

철수의 일기 – 할머니와 멍멍이

우리 집 멍멍이는 할머니의 단짝 친구
나들이 마을회관 빨래터도 따라붙는
우리 집 저 멍멍이는
할머니의 껌딱지

할머니 낮잠 자면 멍멍이도 따라 자고
할머니 밥 먹을 땐 쳐다보고 침 흘리며
할머니 나도 주세요
두 눈을 껌벅이고

할머니 나와 함께 공원 길 산책할 땐
멍멍이도 신이 나서 앞장서서 내달리며
나 잡아 보라고 하듯
왔다 갔다 약 올려요

동강

나는 다 알고 있지
그때 그
몹쓸 일들

이제도
님의 한을
저 강물이 읊고 있어

두견새
동강 일대를
휘휘 돌며 울부짖고